Jules COUDERC

HISTORIQUE

DE

l'Hôtel de Genouilhac

& de la Vieuville

sis à PARIS

4, Rue Saint-Paul, 4

PARIS

BONVALOT-JOUVE, Éditeur

15, RUE RACINE, 15

1906

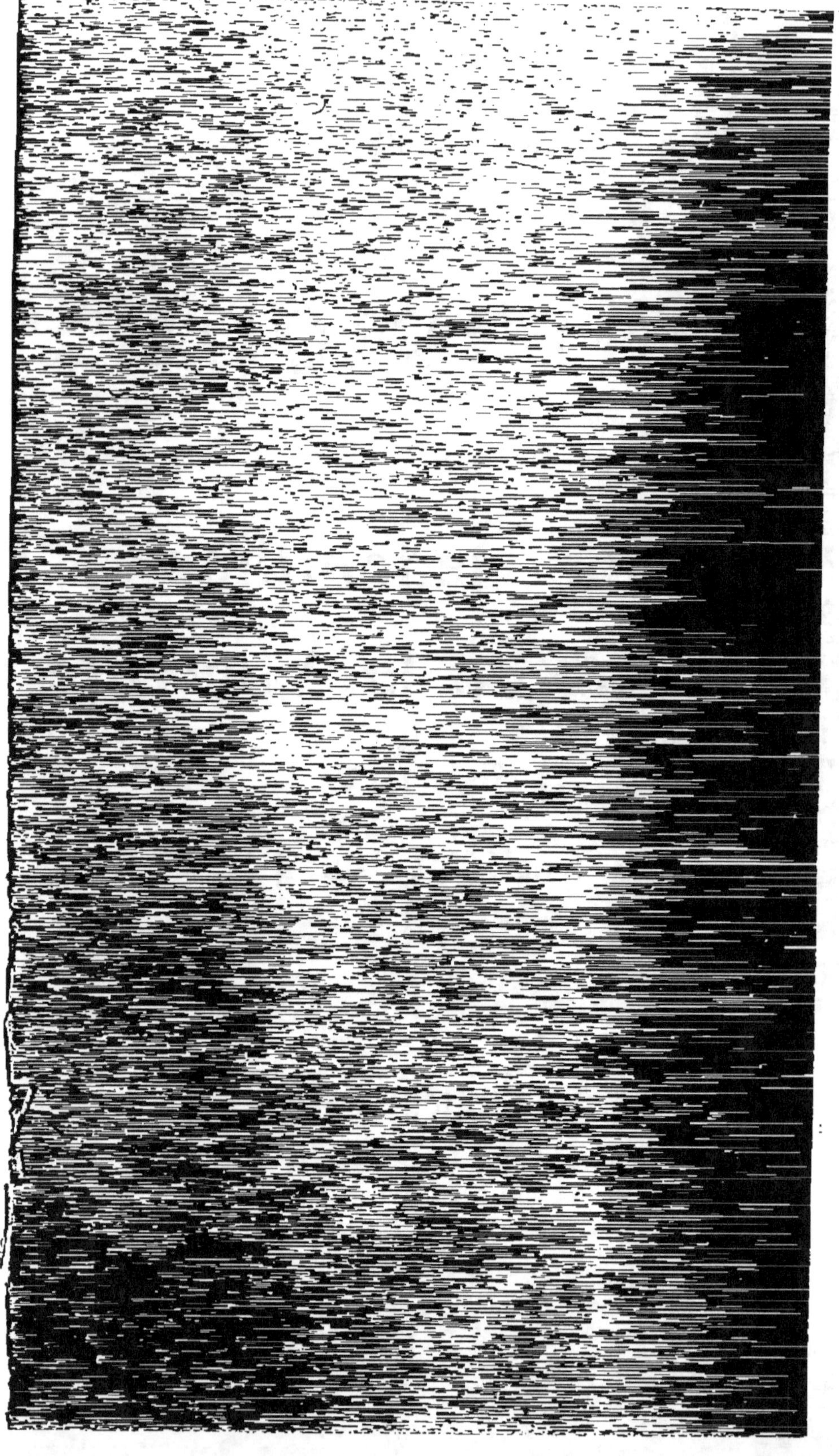

Jules COUDERC

HISTORIQUE

DE

l'Hôtel de Genouilhac

& de la Vieuville

sis à PARIS

4, Rue Saint-Paul, 4

PARIS

BONVALOT-JOUVE, Éditeur

15, RUE RACINE, 15

1906

EXTRAIT

de *La Cité*, Bulletin de la Société historique du 4ᵉ arrondᵗ

HISTORIQUE

DE

L'HOTEL de GENOUILHAC
et de la VIEUVILLE

sis à PARIS, 4, rue Saint-Paul

Au coin du quai des Célestins
Est un hôtel dont les destins
Se changèrent sous chaque règne :
Il fut d'abord château royal,
Puis il devint épiscopal ;
Lecteur, que je te le dépeigne :

Au temps du roi François Premier,
Gayot de Genouilhac, guerrier,
Grand-Maître de l'Artillerie,
Quand il vit cet emplacement,
De tout Paris le plus charmant,
De suite en fit sa seigneurie.

Il mit le balcon au midi,
Où le soleil vous dégourdi
Même en hiver quand fort il gèle ;
Où le regard, vers l'horizon,
Ne voyait qu'arbres et gazon,
Et la Seine ondoyante et belle.

* *
* * *

Quand il mourut, de Beaumarchais
Fit l'achat de ce beau palais
Pour l'habiter avec sa fille,
Mary Bouhier, dont on disait
Qu'en Europe on ne supposait
Aucune femme aussi gentille.

*
* *

Des Finances surintendant,
De la Vieuville, homme élégant,
Fit la demande en mariage ;
Et Beaumarchais la lui donna
Avec son hôtel, qu'il orna
De grands jardins remplis d'ombrage.

Ils se voyaient rue aux Lions,
Les fleurs et les plantations
Venaient des quatre coins du monde;
C'était dans le quartier, dit-on,
La plus luxueuse maison,
Le roi s'y cacha sous la Fronde.

***

Sous Louis Quinze, Jehan Chiquet
De Champrenard, seigneur coquet,
Haut fermier des Messageries
De sa royale Majesté,
En fut tellement enchanté,
Qu'il y grava ses armoiries.

***

Dans la rampe de fer forgé,
Sur un cartouche on voit logé
Le chiffre du propriétaire,
Deux grands C, curieux hasard
Qui peut laisser croire au regard
Que c'est celui de l'antiquaire [1].

1. Couderc.

— Car il existe maintenant
Comme locataire un manant,
Faisant commerce d'antiquailles ;
C'est pour l'hôtel un grand bonheur,
Car il sut remettre en valeur
L'intérieur et les murailles.

**

Cet antiquaire, j'en ai peur,
Sera le dernier possesseur
De cette demeure splendide ;
Puisqu'en ce siècle de déments,
On brise les vieux monuments
Pour plaire à l'Art Nouveau stupide!

**

Un de Vouges de Chanteclair,
Gentilhomme ayant certain flair,
Par héritage en fit son trône ;
Il y resta pendant dix ans,
Puis le vendit, sans rien dedans,
Aux Postes de Paris au Rhône.

La diligence de Lyon,
Conduite par un postillon,
Partait de ces messageries ;
Mais l'insuccès, un laid matin,
Fit transporter, au Plat-d'Etain,
L'entreprise et les écuries.

* *

Quand vint la Révolution,
On y fit l'installation
D'une vaste manufacture ;
Où pour placer d'affreux tabacs
L'on commença de mettre à bas
Des merveilles d'architecture.

* *

Pour ses tabacs, la Nation,
Mit directeur le sieur Cardon,
Un farouche et pur sans-culotte ;
Qui, pour posséder cet emploi,
Vil, avait insulté le Roi !
Et bousculé Corday Charlotte.

Lorsqu'arriva Napoléon,
Un homme de conception
Prit l'Hôtel et ses dépendances ;
Il y fit faire des travaux,
Des réservoirs et des tuyaux,
Et des grands seaux avec des anses.

.*.

Les sculptures, les ornements,
Tombèrent pour les bâtiments,
Les cours furent sacrifiées ;
Et les Parisiens, très badauds,
Vinrent admirer les tonneaux
Remplis des eaux clarifiées.

.*.

Les Auvergnats portaient leurs seaux
Avec un bois, ou des cerceaux,
Et parcouraient ainsi la ville ;
Ils montaient jusque sur les toits,
Pour ne recevoir, quelquefois,
Que le décime à domicile.

AUX BALCONS DE FER 1645
PLACE ROYALE
PARIS
RUE DE LECHARRE
A. COUDERC
ANTIQUAIRE
Vente · Achat
Objets anciens
19
MAISON · CABOURG
ARMES
TABLEAUX
ETOFFES · TAPISSERIES
LIVRES · GRAVURES

UN ... BENOUILHAC, ... M. Couderc, ... Saint-Paul, à Paris (...)
Droits réservés.

CARTE POSTALE

La Correspondance au recto n'est pas acceptée par tous les pays étrangers. (Se renseigner à la Poste.)

Correspondance

Adresse

M

En France, il est bien constaté
Que nous aimons la nouveauté,
Aussi le succès fut immense ;
Et pendant plus de quarante ans,
De Paris, tous les habitants,
Burent de cette eau de Jouvence.

En mil huit cent cinquante, enfin,
De ce commerce on vit la fin.
Le comte Happey, propriétaire,
Fit remettre en état l'hôtel,
Comme on le voit à présent, tel,
Et ne parut pas s'y déplaire.

Par héritage, ce séjour
Vint échoir au comte d'Aucourt,
Auteur d'un bien curieux livre,
Pour les chercheurs d'un très grand prix :
« Les Anciens Hôtels de Paris »,
Qui devra longtemps lui survivre !

Préférant la tranquillité
Au tumulte de la Cité,
Le comte loua son immeuble
A deux marchands, dont l'un, Bosset,
N'eût jamais le moindre regret
De l'avoir pour vendre du meuble.

*
* *

Comme il n'était pas très gourmand
Le logis étant par trop grand,
Il en fit faire le partage ;
Et la Lyre, un peintre coté,
Vint en habiter un côté,
Le même escalier pour passage.

*
* *

Son atelier, quoique très haut,
Ne pouvait plaire, tant s'en faut,
A ce maître des grandes toiles ;
Qui va chercher, l'audacieux,
Pour ses tableaux délicieux,
Ses modèles dans les étoiles.

Il partit donc, et Focillon
En prit vite possession
Pour ses merveilles de gravure ;
Il y serait peut-être encor
Si le vieux Bosset n'était mort
Laissant tout en déconfiture.

.*.

De nouveau ce fut à louer,
L'auteur n'a plus qu'à se louer
Que le comte vive en province ;
Puisque c'est pour cette raison
Qu'il en habite la maison,
Mille fois plus heureux qu'un prince.

.*.

C'est cet antiquaire rimeur
Qui, dans un jour de bonne humeur,
A composé ce tas de rimes ;
Mais il déclare, en vérité,
Que beaucoup de gens ont été
Condamnés pour bien moins de crimes.

Il est sûr d'être pardonné,
S'il est vrai qu'à cheval donné
On ne regarde pas la bride ;
Et c'est surtout pour éviter
De tous les jours se répéter,
Qu'il offre, aux amateurs, ce guide !

**

N'ayant rien fait pour que son nom,
Soit inscrit sur le Panthéon
Où l'on met les hommes illustres ;
Il a cru trouver le moyen,
En s'affublant historien,
D'être cité dans quelques lustres.

**

S'il a mis à l'impression
Ce travail sans prétention,
Peu long d'abord, facile à lire ;
Cher lecteur, qu'il lui soit permis
De dire, que pour ses amis
Il devait simplement l'écrire.

Tous ceux qui vécurent ici
N'ont plus ni bonheur, ni souci,
Ils attendent l'heure suprême ;
Ils sont partis où nous irons,
De leurs noms nous nous souviendrons ;
N'est-ce pas revivre quand même ?

**

RENSEIGNEMENTS

———

En face est l'île Saint-Louis,
Où princes, comtes et marquis,
Firent construire leur demeure ;
Où chaque jour, courant les quais,
L'on voyait de nombreux laquais
Porter des chaises à toute heure.

L'hôtel Lambert de Thorigny,
Que le peintre Le Brun peignit,
Est au coin du quai de Béthune ;
Plus loin, celui de Pimodan
Où Lauzun, nouveau Buridan,
D'une princesse eut la fortune.

.*.

Sur la gauche, touchant les quais,
L'hôtel de Sens et de Beauvais
Vous montrera ses deux tourelles,
Puis ses fenêtres, au dessin
D'un gothique allant à sa fin,
Et quelques gargouilles très-belles.

.*.

Toujours dans le même quartier
Est l'hôtel de la Brinvillier,
La trop célèbre empoisonneuse ;
Il est habité par des Sœurs
Donnent aux pauvres des douceurs !
Leur demeure est une Chartreuse !

Pour terminer, l'hôtel Fieubet
Du pont Sully fait grand effet
Avec son beau balcon de pierre,
Et son tapis sur le balcon ;
Aussi l'Ecole Massillon
De l'habiter est-elle fière !

1er septembre 1902.   Jules COUDERC

PARIS, IMPRIMERIE BONVALOT-JOUVE

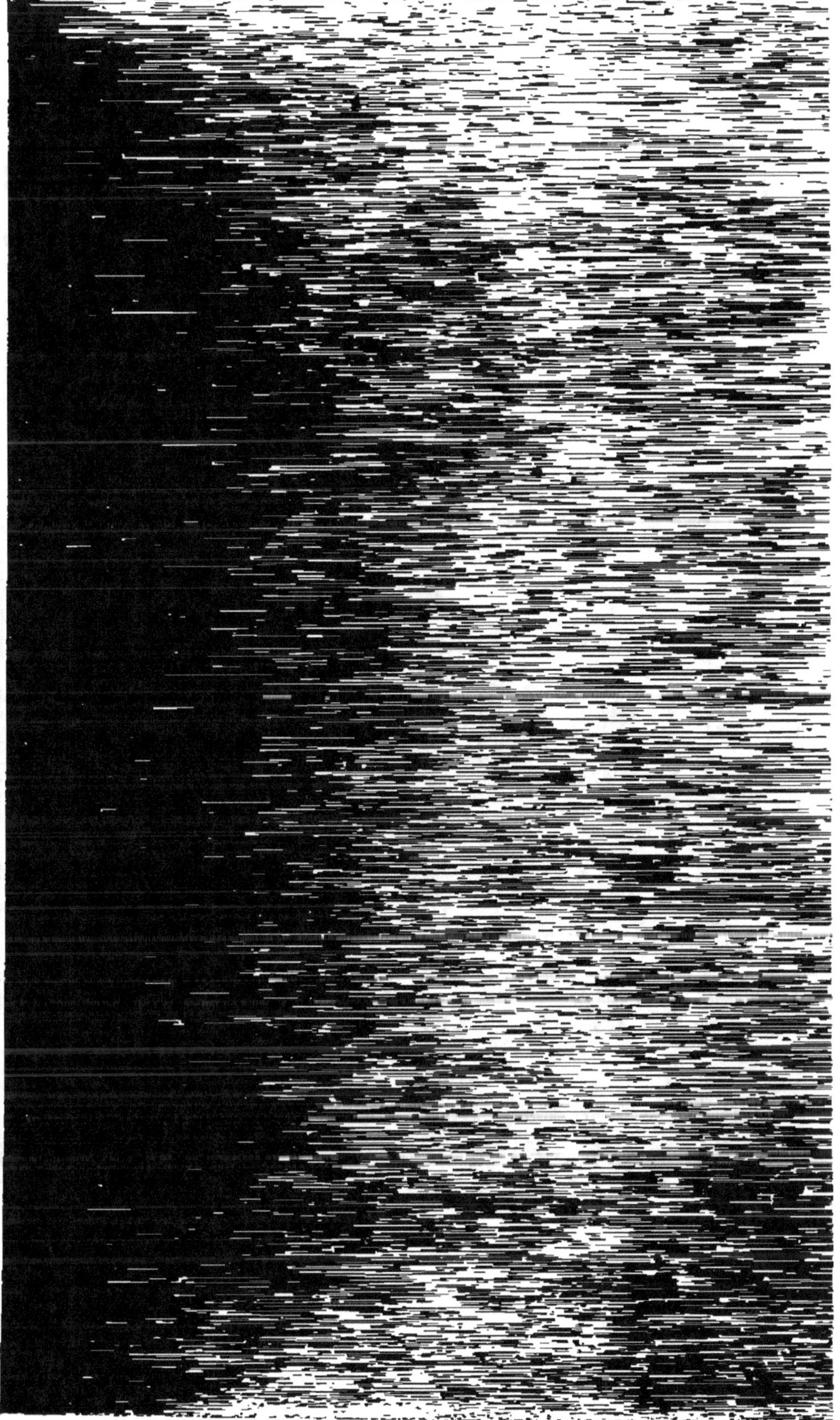

HÔTEL DE GENOUILLAC ET DE LA VIEUX...
ANTIQUITES · TAPISSERIES · CURIOSITES
COUDERC
RVE S.T PAVL